KB270465

꽃이 피는 이유

꽃이 피는 이유

시아현대시선 **030**

꽃이 피는 이유

이춘선 시집

인쇄일 | 2025년 11월 14일
발행일 | 2025년 11월 20일

지은이 | 이춘선
펴낸이 | 김영빈
펴낸곳 | 도서출판 시아북(詩芽Book)

출판등록 | 2018년 3월 30일
주소 | 대전광역시 동구 선화로214번길 21(3F)
전화 | (042) 254-9966
팩스 | (042) 221-3545
E-mail | siab9966@daum.net

값 12,000원

ISBN 979-11-94392-55-2(03810)

詩芽BOOK

꽃이 피는 이유

이춘선 시집

시아북
詩芽BOOK

꽃이 피는 이유

첫 시집 『농부의 아낙』을 세상에 내놓은 지도 벌써 많은 세월이 흘렀습니다. 그 책은 농부의 삶과 곁에서 살아가는 제 일상의 풍경을 시로 담아낸, 말하자면 제 '삶의 기록'이었습니다.

책을 묶어낸 순간이 어제 일처럼 선명한데, 그 사이 제 삶은 여전히 흙과 가까이, 자연과 더불어 이어져 왔습니다. 밭머리에 핀 작은 풀꽃을 바라보며, 새벽마다 어김없이 떠오르는 해를 맞으며, 또 가족과 함께 웃고 울던 일상의 순간 속에서 저는 늘 시 한 조각을 건져 올릴 수 있었습니다.

농부의 아낙으로 살아간다는 것은 늘 계절과 함께 호흡하고, 흙의 언어를 귀담아듣는 일입니다. 봄에는 씨앗을 뿌리며 기다림을 배우고, 여름에는 땀방울 속에서 인내를 배우고, 가을에는 풍요의 감사함을, 겨울에는 고요 속의 성찰을 배웁니다. 이 모든 삶의 리듬은 제게 시가 되어 다가왔습니다. 그렇기에 저의 시는 거창하지 않고, 늘 소박한 밥상처럼 다가가기를 원했습니다.

다시 펜을 들고 흙과 함께 살아온 날들을 되새겼습니다. 농부의 아낙으로, 아이들의 어머니로, 한 사람의 여성으로 살아가며 삶의 가장 가까운 자리에서 피어난 작은 감정들을 저는 시라는 그릇에 담아 보았습니다. 밭머리에서 피어나는 들꽃, 저녁마다 되살아나는 가족의 웃음, 사소한 날들의 땀방울과 눈물이 저에겐 언제나 '시'가 되어 다가왔습니다.

이번 두 번째 시집 『꽃이 피는 이유』는 그 모든 일상 속에서 피어난 마음의 기록입니다. 꽃이 왜 피는가를 묻는 대신, 그저 피어 있어 고맙다는 마음으로 적었습니다. 이제 두 번째 시집 『꽃이 피는 이유』를 독자 앞에 내놓으며, 저는 다시 묻습니다. 꽃은 왜 피는가, 시는 왜 쓰이는가.

시를 쓴다는 것은 결국 자기 안의 고요한 울림을 언어로 옮기는 일입니다. 그러나 그것은 개인적인 고백을 넘어, 다른 이들의 마음에 닿아 공명을 일으킬 때 비로소 시의 자리를 얻습니다. 저는 제 시가 독자에게 위로나 성찰의 순간을 제공하기를 바랍니다. 작은 풀꽃 하나, 한 줄기 바람, 한 알의 씨앗 같은 시어가 독자의 마음속에서 새로운 생명으로 피어난다면, 이것이 시가 존재하는 이유일 것입니다.

저에게 있어 시를 쓴다는 것은 존재의 무게를 견디는 또 다른 방식이자, 그 무게 속에서 의미를 길어 올리는 일입니다. 그것은 화려한 미학이나 치밀한 기교의 문제가 아니라, 스스로 삶을 성실히 응시하고, 거기서 길어 올린 진실을 언어로 건네는

과정입니다. 그렇기에 이 시집은 제 안의 고백이자 동시에 독자와 나누고 싶은 대화입니다.

저에게 시는 특별한 것이 아니라 일상의 가장 소박한 순간에 피어났습니다. 밭두렁의 들꽃, 저녁 밥상 위의 된장국, 아이의 웃음과 눈물, 계절마다 찾아오는 바람의 기척, 이런 평범한 풍경 속에서 저는 늘 시의 언어를 발견했습니다. 아마도 그것이 이 시집이 지향하는 정서일 것입니다. 화려한 언술보다는 사소한 것들의 내면을 응시하고, 그 속에서 살아 있는 마음을 건져 올리려 했습니다.

저의 글은 아직은 투박하고 소박합니다. 그러나 소박함 속에도 삶의 깊이가 있고, 일상적 순간 속에도 보편적 진실이 숨어 있다고 믿습니다. 『꽃이 피는 이유』가 그러한 믿음을 조금이라도 증명해 보이는 작은 증거가 되기를 바랍니다. 시집을 펼치는 독자 한 분 한 분의 마음속에서도 또 다른 꽃 한 송이가 피어난다면, 그것이야말로 시를 쓰는 이에게 주어진 가장 큰 축복일 것입니다.

『꽃이 피는 이유』라는 시는 시집 전체를 관통하는 화두이기도 합니다. 꽃은 왜 피는가, 그 물음은 사실 '인간은 왜 살아가는가'라는 질문과 다르지 않습니다. 시 속에서 꽃은 단순히 계절의 현상이 아니라, 존재가 존재하는 이유 그 자체입니다. 아무도 보아주지 않아도 피어나는 꽃처럼, 우리 삶도 결국은 저마다의 이유와 빛을 가지고 피어나는 것이 아닐까 생각합니다.

제 시는 삶의 언저리에서 건져 올린 작고 사소한 풍경들로 이루어져 있습니다. 하지만 그 속에 스며든 감정은 작지 않습니다. 기쁨과 슬픔, 외로움과 희망, 그 모든 것이 한 송이 꽃처럼 이 시집 안에서 피어나기를 바랐습니다.

부족한 글들이지만, 독자 여러분께서 이 시집을 펼쳐 읽으실 때, 마음에도 꽃 한 송이가 은은히 피어나기를 소망합니다. 그리고 그 꽃이 작은 위로와 희망이 되기를 간절히 바랍니다. 이 책이 누군가의 하루에 잠시 피어나는 꽃, 그 향기로 남기를 바랍니다.

그것이 제가 시를 쓰는 가장 단순하면서도 깊은 이유입니다.

2025년 가을이 오는 날

이춘선

4부
가을은 늘 설레게 한다

1부

꽃이 피는 이유

[이춘선, 2019, 수채화, 60cm × 35cm, 작가 소장]

바람에 흔들리지만

늘 해를 향해

다시 걷는 해바라기를 닮고 싶다

능소화

화인처럼 낙인되었다
여름의 담벼락에

소꿉놀이 하던 날
말갛게 떨어진 꽃 한 송이
멋쩍게 주워주며
할 말을 잃고 떨구던
고갯짓의 의미를

세월이 흐른 뒤
붉은 꽃 피어나면
너 다시 보리라

능소화 흐드러진 그 날도
능소화 보고 싶은 오늘도

잊혀지지 않는
네 고갯짓

꽃 속의 삶

꽃이 핀다는 건
잠시 머무르는 숨결
세상에 남긴 따뜻한 말

산다는 건
언제나 꽃 속이다
진흙 속에서 피어난 빛
고요한 바람에도 흔들리며
제 자리를 지키는 것

간절히 닿는 숨결 하나
눈에 보이지 않아도
마음은 늘 그리로 향하고

바람결에 흩날리는 꽃잎처럼
우리의 날들도 스치듯 흐른다

삶
쉼

평안
그리고 사랑

이 모든 것이
한 송이 꽃 속에 있다

꽃이 피는 이유

내 눈에 꽃이 보여요

겨우내 언 땅을 딛고
떨리는 숨결로 일어선 복수초에는
영원한 행복을 꿈꾸는
슬픈 추억이 스며 있고

백일을 사랑으로
피고 지는 백일홍은
옛 친구를 기다려요

가을 하늘을 좋아하는
소녀의 순정은
바람을 읽을 줄 아는
코스모스로 피어나고

그리고 마지막 잎새가
떨어지는 날
온 세상이 고요해질 때

먼 산자락
하얗게 피어나는
설화의 상고대는
내 마음 끝에 남은
사라지지 않는 그리움입니다

상사화의 눈물

붉은 상사화 피어난다
잊혀진 기억의 가장자리에서
마스카라 번진 눈가에
감춰진 말들이 흐려진다

그리움은 붉은 꽃잎처럼
조용히 번져가고
꽃잎 사이로 스미는 아픔
그러나 아름다운 시간

젖은 눈물 아래
붉은 꽃잎 하나
상사화로 피어난다

붉게 타오르던 마음도
조용히 사라져 간다
꽃은 다시 피지만
내 눈물은 멈추지 않는다

여름이 찾아오던 날

연꽃의 꽃잎이
흩어지는 그 순간은
이별이었다

여름의 열기가 살을 달궈도
서로의 마음은 차가웠다

내 마음은 말라져
언제나 그대를 그리워하며
그리움의 눈물이 마주치는 순간

각기 다른 빛깔의 꽃들이
한마음을 닮아 피어나는 날
그리움은 파도처럼 밀려오고
사랑은 바다처럼 깊어갔다

달맞이꽃

노랑꽃 멍울질 때
초승달 바라보며

저녁달 입 맞추러
언덕 위 피어난 꽃

기다림
기약도 없어
반짝반짝 빛나네

어느 봄날

수채화 물감에서
풀어 놓은 노오란 유채밭
유선의 흐름으로 하늘이 돌고
마음 따라 카메라가 돈다

강둑 너머에
꽃비로 날리는 벚꽃이
유혹하는
나른한 오후

강가에 늘어진 갯버들은
누굴 위한 손짓인가
바람 따라 먼빛으로
여인의 긴 머리 되어
찰랑거린다

배롱나무 그늘에서

한땀 한땀 프릴을 주어
종이학 접는 마음으로
꽃을 피웠네

백날을 피고 지는 꽃잎 속에
묵은 햇살이 눕고
바람 한 줄기
숨결처럼 머물다 가네

그늘진 마음마다
붉게 물들이는 그리움
지워도 다시 피어나네

매일을 접어 꽃이 되고
꽃잎마다 지난 계절이 묻어 있어
꽃잎은 소리 없이 진다 해도
향기는 남아

한여름의 기억을 흔들고
문득 떠오른 이름 하나
그 이름도 이 꽃처럼
쉬이 지워지지 않으리니

배롱나무 아래
선 바람처럼
나는 오늘도 그대를 떠올린다

복숭아

어머머
뽀오얀 것이
발그스럼한 것이
너였어?

만지면
사랑스러워
놓을 수가 없을 것 같은데

코끝으로 스미는 향
베어드는 단맛

빠졌어
사랑의 유혹이었네

야생화

아기새 날갯짓이
머물다 간 곳에
노오란 민들레 앉아 있고

꽃반지 끼고
아장아장 걸어가는
아가의 손안에
제비꽃 웃고 있네

3월에 지름신 내리다

봄으로 들어서는 3월의 아침은
아직은 고이 품어둔 아이들에게
해바라지를 시키기엔
이른 고뿔이 염려스럽다

아직은 꽃을 피우기 어려워
마당에 내어 심을 야생화로
눈독을 들여 본다

외목대로 키우고픈 목마가렛
꽃이 나비 모양으로 피어나고
쨍한 붉은색이 매력적인 초연초
도깨비 방망이에서
향기까지 풍겨주는 히야신스
새봄을 알리는 복수초와 크로크스
깽깽이 풀도…

조금은 이르지만
지름신이 내리시어

한아름 꽃들을 주문해본다

와~~~
배달된 꽃별에 가슴이 심쿵이다

실내에서 겨울나기를 할 꽃은 예쁜 화분
이 꽃이 지고 나면
화단에 심을 야생화도 예쁜 화분
정리된 봄꽃 속에
나도 꽃이 되어 꽃으로 피어있다

술 도라지

아침의 싸한 싱그러움 속에
그리움이 한 움큼 다가선다
어쩌면 예인이었을 것 같던
내 아버지

해질녘
거나한 술기운에
골목부터 들려오는 아버지의 노래
또 술이라고 짜증냈던 어머니

삶의 고단함이 뼈에 사무쳤던 어머니
한량처럼 술을 즐기고
사람을 좋아했던…

무능했다고 탓하시던
어머니의 잔소리보다
그저 묵묵히 들어주던
아버지의 그 푸근함은

우리 곁을 일찍 떠난
아쉬움인 것 같다

오늘 아침엔 싸한 싱그러움이
그리움으로 피어난다
나의 작은 꽃밭에서

사루비아

창가에 걸터앉아
뽀오얀 입김 호호 불며
뽀독뽀독 소리가 날 때까지
닦고 닦던 그날

유리창 넘어
빠알간 사루비아가
그렇게 강렬했다
파란 하늘 아래
청명했던 가을날

그 사루비아는
시야 저쪽으로 사라지고
동네 아저씨가 들려주는
부음
아버지의 부음이었다

그날 이후 나는
사루비아의
단 꿀을 더는 탐내지 못했다

분꽃

눈길 잘 닿지 않는 곳에서
저녁 나팔 붑니다

노란 나팔 속에는
때 이른 저녁을 부르는
엄마의 사랑

작은 물방울무늬의
분홍 나팔은
울 언니 손수건에 새겨진
수줍은 약속

오늘도 해 질 녘
지난 추억을 불러주는 너는
한아름
가슴으로 피어나는
추억입니다

갯버들

개울가에
갯버들이 피었다

꽃이 아닌 너를
누가 꽃으로 보았을까

나도 네가 꽃으로 보이고
나 또한 꽃이리라

물결 따라 흔들리며
바라보는 마음이 사랑이라면
바람 한 줄기에도
봄은 가고 있었다

꽃이 피는 이유

이춘선 시집
Poems by Lee Chun Seon

2부

잡은 물고기

[이춘선, 2017, 수채화, 25cm × 35cm, 작가 소장]

내 마음이 조용히 흔들리면

네가 늘 먼저 알아 챈다

개미와 베짱이

뒷산 작은 밭에 뛰어노는
베짱이
먼데 밭에서 일하는 개미

여름 땡볕에 구슬땀 범벅으로
온몸을 까맣게
숯댕이로 달구어 온다

베짱이는 노래하며
일하는 개미와
가을의 노래를 같이하는

개미와 베짱이로
백년해로 꿈꾼다

직박구리

전깃줄에서 앉아 망보고 있다
말갛게 익어가고 있는
청포도가 목표물인가

처음엔 몰랐다
익지도 않은 포도알이
송이에서 하나씩 하나씩
없어지는 마법을

어쩌다 새소리가 나서 바라보니
입에 물고 날아가는 청색의 여의주!
그래, 너였어
너라면 가능해

해마다 포돗빛이 바뀔 때면
먼저 와서 맛을 보고
견적을 내주고 가니
올해도 너랑 나누어
타작해야 될 터

그래도 아직은 아닌 것 같으니
여름의 단맛을
좀 더 가두어 두자꾸나

배추 시집가는 날

늦여름 해 질 녘에
밤이슬 머금고 몸살도 덜 하라고
사뿐히 새집으로 이사시켜 주던 날
물 한 잔 시원하게 내어 주었다

뜨거운 뙤약볕엔 두 어깨 처진 모습
폭풍우 내리치던 날에도
무서운 담금질에도
당당하게 피었다가

오늘 너 여기
황금 같은 소금물에
요염하게 알몸으로
교태로이 누웠구나

빨간 고춧가루에
갖은양념 버무려서
네 겨드랑이 속살 속에
한 움큼씩 사랑으로

간지럼 태우듯
살살 비벼 넣은 뒤

조신한 몸가짐 다독여서
치맛단 끝자락
단단히 움켜 싸매어
차곡차곡 매만지고

딸 시집보내던 엄마의 손길
잘 살아라
잘 익어서
맛난 겨울 양식이라는
엄마의 사랑

바람꽃(선거)

바람꽃이 분다
벌써 시계의 사계가
네 바퀴를 돌았나 보다
벽마다 붙어있는
빨간 꽃 파란 꽃 노란 꽃에
색색이 홀로그램이 난무하고

애타게 그림자를 쫓는 이와
허상을 꿈꾸는 자
진정성을 호소하며
두 발을 구르는 자
외면당하는 자
외면하는 자
분열을 꿈꾸는 자
가지각색 뭉뚱그려
꽃바람에 놀아난다

봄이다
만물이 살아나고

나도 춤춘다

동네방네 표팔이 하는
거렁뱅이가 된다
태곳적 신비마저
저울질당한다

선하게 살자
악행 하지 말자
입버릇처럼 되뇌지만
가지 말아야 하는
그 유혹의 참맛을
모두 읽어 버렸다

꽃바람이 분다
미친 듯 휘몰아친
광풍 뒤의
그 쓸쓸함은
하룻밤 풋사랑이다

라면 먹는 날

입맛이 없는 날
배는 고픈 듯하고
나가서 먹기도 싫은 날이다

간단한 라면으로라도
끼니를 때우고 싶은데
내가 끓인 라면은
맛이 없어 먹다 남기기 일쑤다

오늘도 그런 날이다
배는 고프고 입맛이 없어
아들에게 라면 같이 먹자 하니 싫다 한다
내가 끓인 라면은 맛이 없어 그런다 했더니
흔쾌히 끓여 준다 한다

물에 수프를 넣는데
묘한 냄새가 싫어 나왔더니
아들은 대파 송송 미역 한 올을 넣는다
국물 맛이 다르단다

고맙다 하고 기다리니
불을 끄고 냄비 두껑을
30초 닫았다 먹으면 된다 한다

맛이 다르다
내가 끓이지 않은 라면을 건져 먹고
국물에 밥 한 술도 곁들였다

역시 맛이 다르다

할미와 손주

할미 무릎에 앉아
옛날이야기를 듣는다
반짝이는 눈망울에
옛 추억이 살포시 내려앉는다

옛날에는 말이야
별도 더 밝고
밤도 더 깊었단다
뒷산에는 부엉이가 울었지

손주는 눈을 크게 뜨고
할미 목소리에
귀 기울인다

시간이 멈춘 듯한 그 순간
두 손이 맞닿아
사랑과 추억이 흐른다

할미의 이야기는
손주 마음에 작은 씨앗이 되어
언젠가 아름드리나무가 되리라

잡은 물고기

시골이 싫다 하니
일하지 않아도
자기만 바라보면
선반에 올려놓고
손등에
물 넣지 않게
호강시켜 준다더니

시집와 서툰 살림
시누와 같이할 때

울 남편
세도 오일장에서
빨간 우단 일 바지

맘 놓고 사 오셨네

모내기

이마 위로 태양이 내려앉고
논물 위로
부지런한 발소리가 번진다

한 줄, 두 줄
모가 심어질 때마다
푸른 숨이 논에 번진다

저 멀리
뻐꾹 소리에 봄날이 간다

맛있는 비

가을비가 추적추적 내린다
추수를 끝내지도 않았는데
걱정은 집 앞에 쌓아놓은
볏가마 만하다

일손을 멈춘 옆 지기님에게
커피 한잔 할라냐고
아님 부침개에 막걸리라도
마음은 안절부절못하겠지만
콜이란다

커피포트에 물 올려놓고
빠른 발로 손으로
텃밭에서 골파 한 움큼
냉동고의 오징어까지
준비 완료

커피포트의 물이 더 식기 전에
노란 커피를 탄다

싱싱한 파향이
커피의 향기를
마셔버린다

다듬은 파와 오징어
고명으로 당근까지
식용유에 들기름을 첨가하면
기름 냄새가 담장을 넘어간다

옆집 이웃이 개코인 척 놀러 온다
맛있는 가을비가
맛있는 간식 타임을 준다

가을비가
맛있게 익어가는
가을을 얘기한다

홍원항 가는 길

12월의 잔설이
논두렁 그늘진 곳
산기슭 곳곳에
하얗게 서리어 있다

연말이라고 딸과 사위가
이쁜 손주 데리고 온다 하여
사위가 좋아하는 생선회랑
찌갯거리를 준비하러
바람도 쐴 겸 홍원항으로 향한다

가는 내내 저녁 안개랑 이슬비가
사위를 묘하게 어우려 준다

정 많은 적은 놈은
오늘도 할아버지 할머니 선물이라고
"할아버지 할머니 사랑해"라고 쓴 종이에
어설픈 꽃 그림을 하나 가득
그려서 가져다 줄 것이다

꽃을 좋아하는 할머니라고
항상 꽃 그림이다

고맙다고 최고라고
커다란 반응으로
안아주고
궁디 팡팡 두들겨 주면
쑥스러워하면서도 좋아라 한다

내리사랑이 이런 거리라
미워할 것도 나무랄 것도 없이
그냥 한량으로 좋아라

내일부터 대설 주의보가 내려졌다는데
이 눈 속을 헤치고 올 귀한 손을
목 빠지게 쳐다보는 대문 밖

나는 대한민국 60대 할미다

무녀도에서

파도가 출렁대면
나도 같이 춤을 춘다

훠이 훠이
끝없이 두둥실
주인 없는 표주박 되어
부표처럼 나뒹군다

바람이 주인 되고
내가 주인 되어
망망대해 항해하는
꿈을 꾸어 본다

풍요로운 바다의
향기를 다 품어
무엇하나 구애로움 없는
살뜰한 섬이여

바람 따라 물결 따라
초겨울의 쌀쌀함도
풍류로 살찌우는
무녀도 사랑이여

나 여기
겨울 바다 꿈꾸며
네 향에 취해 본다

모깃불

초여름 장맛비가 그치고
더위가 시작되면
엄마는 가끔씩 저녁밥을
수제비로 해주셨다

다리 접은 둥근 상에
반죽을 놓고
하얀 밀가루 흩어 뿌리며
밀대로 요술을 부리듯
늘리고 늘려
상에 가득
커튼처럼 늘어질 때쯤
엄마는 둘둘 말아
솜씨 나게 썰어서
멸치 육수에
풋 호박 한 줌
채썬 감자 몇 점

마당 한 켠 가마솥에서
수제비 고유의 향이 날 때

아버지는 늦은 봄에 베어다 놓은
쑥 한 줌을 모깃불 위에
올려놓는다

매운 연기가 멍석 위로 내려와
수제비를 먹는지
쑥향이 먼저 맛을 본다

애기 별꽃

별똥별 하나
선을 긋고
사랑은 떨어졌다
그 사랑
그늘진 산기슭에
살포시 묻어 두었다

십 년이 지나
백 년이 지나
별은 꽃이 되어
다시 피었다

이름도 없이
누구 하나
그립다고 말해주지 않아도
행여나 행여나
발끝에 스치다
눈길 머무르기를

애기별꽃

육회 비빔밥

힘들게 보낸 일주일을 뒤로 하고
들에 남은 땀방울도 잠시 내려놓는다
오늘부터 한 주의 시작이란다

농사일로 땀범벅으로 지내는
낭군님 몸보신으로
월요일만 세일한다는
한우 육회 집으로 발걸음을 옮겨본다

긴 줄이다
할 말이 없어 서로 마주 보며 눈웃음이다
그렇구나
오늘도 맛으로 보장되는
삶의 현장이구나

3부

오늘 그리고 내일

[이춘선, 2023, 수묵담채화, 33cm × 58cm, 작가 소장]

낙엽이 속삭이는 길을 걷다가
담장 너머 피어난 국화 한 송이와
이야기를 나누고 싶다

기원

내가 하는 모든 일이
노래가 되고

내가 아는 모든 지혜가
꽃으로 피어나고

내가 아는 모든 사람이
사랑이길 염원해 본다

험한 세상이라 말하지 않고
그저 살만한 세상에서
행복에 겨워 살았다고
말할 수 있기를

그렇게 나의 하루가
누군가에게 위로가 되는
삶으로 남고 싶다

2월의 바람

모자란 햇볕 속에
꽃가지 겨드랑이
훈풍으로 돋아난다

매서운 영동 할미
앙가슴 파고드는
봄바람 불어놓고

새봄이 어디냐고
뒷짐 지고 다니신다

봄비

지난밤 내린 비는
꽃망울 매만지고

잔설에 굳은 땅은
녹슨 때 씻기우 듯

넉넉한
입김인가
온기로 화답하네

유년의 팔레트

하늘처럼 파란 그리움
엄마 손잡고 뛰어놀던 그 언덕에는
유년기의 아련한 기억이
파릇한 새싹처럼 싱그러웠다

노오란 장미가 피어나는
5월의 그 계절은
주홍색이었다

오늘처럼
장대비가 지나고
마당 가 잔풀들이
휩쓸리고
해가 쨍하면
내 마음은 하얀색이다

하늘을 가로지르는
비행기의 하얀 사선은

미지의 여행을 꿈꾸게 하는
황혼의 중년이어라

엄마의 기도

정월 초사흘
구부정한 허리를 펴지도 못한 채
무언가 분주히 움직이신다

대문간 한켠에 정화수 한 그릇
북어 한 마리
작은 시루에 초 한 자루

동쪽을 향하고
서쪽을 향하고
사방이 그곳인지
두루뭉술한 절인지 모를
인사를 굽신굽신하시다가
하얀 소지를 하나씩 불사르신다

그저 그저 자식들 우애 있고
총명하게 잘 자라라고
그저 그저 집안 화목하고
운수 대통하라고…

하얀 소지 손끝까지
다 타들어 갈 때쯤
어머니는 두 손을 훠이훠이
춤추듯 하늘로 올리셨다

오늘 그리고 내일

동지섣달의 짧은 해가
종종걸음을 하기도 전에
어둠 속으로 묻혀버린다

늦은 아침 한 술로
끼니를 때우고
아래 광 한쪽에 밀쳐 두었던
콩이랑 팥을 선별도 하고
지인들에게 주고 싶은 농산물도
챙겨보려 했는데
한 것도 없이 황망히
어둠이 잦아든다

거기에 어제는
눈이 내리더니
오늘 저녁엔
비가 오고 있다

잔설 위에 내리는 비는
비위도 좋다
하얀 눈들을 쓸어
내리지도 못하고
눈을 더 굳혀 두니 말이다

마음은 한 해를 거두려니
헛손질에 바쁘기만 하고
그래도 세월은 가고
우린 또 내일을
새해라 부르며
새 달력을 보며
일상을 꾸려나간다

새날의 태양은
또 그렇게
떠오를 것이다

새해 아침

천지가 새하얀
1월의 첫 아침이다

뽀오얀 사골국을 만들어
동그란 나이테를
나이 수만큼 담아

한 아름 둘러앉은 상머리에
먹지 않아도 배부르다던
어머니의 말씀이
귓가를 울린다

핑계

모임이 있는 날이다
간다고는 했지만
정말 갈 수 있을까
걱정이다

회원님의 공연이 있는 날은
들깨를 베는 날이고
회원 작품 전시회가 있는 날은
가을 바심을 하는 날의 연속이다

요즘은 국화 전시회와
시 낭송회가 있었다
하지만 우리 집은
들깨 타작을 하는 날

가을의 약속은 괜한 공염불이 되고
시골에서의 취미 생활은 어려워
늘 미안하고 변명 같아
눈으로 보기만 하고 오는 카톡방이
민망할 뿐이다

소낙비

수묵화처럼
먼 산에서부터
그러데이션이다

갑자기 몰아치는 광풍은
한줄기 광선으로 내려꽂힌다

휘몰아치는 빗방울은
빗방울이 아니라
천지를 뒤흔들고
개벽의 첫날을 맞이하는
천지 창조의 순간처럼 강렬하다

광풍이 지나간 마당 가
작은 꽃잎 하나
나비의 나체 위에
선명한 생채기
나뒹굴고 있다

와우
소낙비구나
눈앞에 펼쳐지는
쌍무지개의 기적

나는

파아란 하늘을 보면
늘 무엇이 되고 싶었다

새털구름으로
글씨체를 만들어
수놓 듯 한 자, 한 자 엮어
이야기를 만드는
시인이고 싶었다

마당 가를 휘젓는
노랑나비를 보면
고운 색채를 펼쳐놓고
색을 제조하는
화가이고 싶었다

가끔은 꿈을 꾸며
피노키오의 코가 되어

거짓의 참 매력을
노래하고 싶었다

나는…

시 쓰기

한 줄기 햇살이
나의 펜을 통해
무지개가 된다
무지갯빛 글자들이
춤을 춘다

동백 낙화를 보고는
선생님이 말씀하신다

그래
너는 사랑이었구나

그렇구나
시란 이렇게
가볍고 우아하구나

노래할 때는
공기 반
소리 반이라는데

시 쓰기는 저리
말하듯 가볍게
춤을 추는 것이구나

누구는 시란 말하는
그림이라 하고
누구는 그림이란
말 없는 시라 하는데

나에게 시는
가슴의 불꽃을 태워
날개를 달고 훨훨 나는
춤추기였구나

가볍게

우아하게

가슴앓이

하늘을 봐도
누군가를 만나도
전화를 받아서 말하기도 전에
눈물이 젖어옵니다

속마음을 풀어놓고
이야기하고 싶은데
말할 사람이 없습니다

미루고 미루다 굳어진 매듭
들어줄 귀
풀어줄 심장이 없습니다

가슴만
깊은 곳에서부터 아파옵니다
내 눈엔 눈물이 고여 있습니다
아니 저장된 눈물의 호수에
내 눈이 젖어 들은 듯
눈물이 흐릅니다

비 오는 날의 합주

기다리고 기다리던 비가 온다
단비다

비 사이로 흐르는 빗소리
바람에 나부끼는 나뭇잎 소리
지붕을 때리는
빗방울 떨어지는 소리

내 집에서 듣는 빗소리는 한결 정겹다
양철 지붕을 때리고
떨어지는 낙숫물 소리에
가락이 있고

마당을
두드리며
작은 도랑으로 흐르는
물소리에도 노래가 된다

춘란을 그리다

담묵을 붓에 묻혀
탁탁 -
붓끝을 털어낸다
농묵으로 다시
붓 끝에 봄빛을 입히고
긴 난잎 하나
스윽 들어 올리면
그 속에 숨 쉬던 새싹이
살포시 깨어난다

아침이슬 머금은 듯
수줍은 미소로 피어난
난꽃 한 송이
봄 향기에 취한 듯
묵향 따라
살며시 피어난다

[이춘선, 2023, 수묵담채화, 65cm × 45cm, 작가 소장]

바람도 감히 스치지 못한 듯
흠 없이 피어난 그 노란빛이
가을 하늘보다 더 눈부시다

9월의 아침

아침부터 안개가 자욱하다
그래서 9월은 휴식의 시간이 되었나 보다
화단의 꽃들도 쉬고 있는 듯
더 피지도 않고
색바램이 있으면 있는 대로
어제보다는 다른 모습으로
그 자리를 채우고 있다

풀 섶에선 자장가처럼
나즈막한 벌레들이
이 계절을 노래하고
날갯짓이 어눌해진 잠자리 한 마리가
마당 가를 서성댄다

9월의 아침
그 신선함이
나를 일깨워 준다

가을 냄새

찬바람이 쌩 지나간 뒤
가슴 한켠 시려오며
친구들 얼굴이 떠오른다

갈바람이 좋다고
바람 타고 유영하는
낙엽이라도 볼라치면
하늘을 나는 새가 된 것처럼 날갯짓하고
숨넘어갈 듯 까르르 까르르 웃어주었지

오전 수업이 끝나는 토요일
교문 앞에서 국화꽃 한 다발 사서
강가를 거닐며 나누던 수많은 얘기

켜켜이 쌓여있는 기억의 보따리에서
오늘도 찬바람이 쌩 지나가다
나를 툭 치고 가면

우리의 추억 속에 변치 말자던
우정의 그 약속은 어디로 갔을까

밖엔 갈바람이 일고
오늘은 대답 없는 너희들을
부르고 불러본다

보고 싶다
친구야

감 따는 날

가을 하늘이
며칠째 코발트색이다
바람은 청아하고
깃털 한 줌 쥐었다
후우 불면
끝없이 끝없이
날아만 갈 것 같다

멀리 감나무엔
초파일 연등처럼 주황빛을 발하고
나는 가지 끝에 매달린 감을 향해
있는 힘껏 바지랑대를
허공에 대고 휘 두른다

후둑
떨어져라 겨냥한 감보다
먼저 떨어지는 감잎
빨갛게 익어버린
내 뺨의 홍조가
감보다 더 붉다

허수아비

비둘기가
마당 앞 전깃줄에 앉아 있다

수시로 내려와
앞마당에 널어놓은
참깨를 훔쳐본다

나는 너를 보고
너는 나를 보고 있는데

잠깐의 한눈 팔이
네가 없어졌구나
기어코 내려앉은
참깨 다발 위의 너
네 이노옴!

영혼 없는 몸짓으로
너를 쫓아 보내는
나는야
하늘 닮은 허수아비

가을은 늘 설레게 한다

마당 앞 감나무에
감이 붉게 익어간다
감잎 또한
빨갛게 익어
바람이 스치우기만 해도
차르르 소리를 내며 굴러떨어진다

이맘때가 되면
시 할머니는 싸리나무 채반에
감을 깎아 널어놓으셨다
아래채 처마 기와에 올려놓고
할머니는 해 따라 해시계처럼
감 채반을 가을 햇볕에
내놓으시라고 성화였다
제사 때 쓸 곶감을 만들기 위해서다

유난히 감을 좋아하는 나는
몰래 곁눈질이라도 할라치면
할머니의 서슬에 애가 탔었다

저녁때 일 마치고 돌아오는 남편에게
슬쩍 감 얘기를 하면
할머니가 보는 앞에서 당당하게 집어주던
반건시의 달콤함을 무엇으로 표현하며
듬직한 남편의 건재함에
맘까지 뿌듯했던 기억이 떠오른다

오늘도 집 앞 감나무에는
그렇게 먹고 싶었던 홍시가
파란 가을 하늘 아래
투명하게 어리어 있지만
오늘은 까치가 주인이 되어
나무를 타고 어쩔 줄 모르고
맛에 심취해 있다

내 간식을 내어 주고도
인심 후하게 쳐다보고 있는 나에게
묘한 이질감이 드는
가을의 감나무를
나는 무척 사랑한다

장맛비

검다 못해 푸르딩딩한 잿빛 구름
먼 산 위로 내리꽂힌다

고추밭 이랑에서
땀 닦다 너를 본다

고추는 붉다가
물먹어 터져버렸고
바람 없는 대지는
습하디 습한 입김만 품어 놓는다

쏴아
바닷가 파도 소리가
귀청을 때린다
찰나
쉼 없는 빗줄기
한바탕 훑고 간다

사랑

없는 듯 툭 스치는
무언의 몸짓

앞뒤 분별없는
짤막한 그 한마디

사랑이어라

가을비 우산 속

둥지 떠난 작은 새는
오늘 이 비에
추위가 닥치면
몸 뉘일 헛간이라도
눈여겨 두었을까

멧새가 머물다간 자리
도랑이 되고
갈대가 뒤엉켜 흔적 없는데

내 작은 새야
오늘 밤은 포근한 안식처
찾아는 들었는지

아리고 애린 손가락처럼
끝내 너를 놓을 수가 없는데

이 저녁 소리 없이 내리는 가랑비에
힘없이 고개 떨구던

네 모습만 아련하구나

훗날 아주 훗날에라도
널 위한 내 마음은
처마 밑에 펼쳐 두었던
살 빠진 우산처럼

찌그러진 육신에도
너를 향한 내 마음은
우산 되어 기다리마

어느 이태원에서

온 산이 울긋불긋
꽃놀이 축제인 양
뿌리 없는 근본 찾아
양의 탈 이리 탈로
여린 맘 감춰두고
일탈을 꿈꾸어 본다

하나는 열이 되고
백이 되고 천이 되고…

구름처럼 몰려들어
꽃처럼 피어났다
낙화처럼 스러진다

천국을 향하는 좁은 문을
넋으로 기리며
하얀 꽃 한 송이를
가슴으로 피워 보낸다

첫눈

첫눈이 내리던 날
첫눈을 나랑 같이 보자던
그 아이의 소박한 꿈은
아직도 이루어지지 않은 채

첫눈은 하얗게
소리 없이 내리네

누구나 여행을 꿈꾼다

파아란 하늘 아래
갈잎이 회오리바람에 실려
공중 위로 떠오른다

먼눈으로 응시하는 하늘에
은회색 비행기가 지나가고 있다
자주 지나는 항로이지만
눈여겨보지 않으면
보이지 않는 일상이다

맑은 하늘에 흰 구름을 보니
비행기 타고 가던 날의
솜 같던 구름이 생각난다

창밖의 그 풍경을
눈 따라 읽고 있지만
그저 산, 강, 바다
짧은 말로는 다 담지 못하는
소인국 같은 세상이다

오늘의 여행은 무엇으로
내 마음의
나를 설레게 할까

때때로 먼 이국의 설렘은
나를 계획적으로 만들고
나는 다시 꿈꾼다

겨울비

그대 보이지 않아도
그대 먼 길 떠나 있음에
그 먼 길에서 겨울비 만난다면

추적한 그 한기가
그댈 기다리는
내 마음의 흔적이라오

첫눈이 오는 날에도
먼 산에서부터 뿌려져 오더니만
오늘 내리는 이 겨울비는
마음 한구석에서부터
그리움을 녹이며 내리고 있답니다

이 비 뒤에 다가올
꽃샘추위도
이 비 뒤에 담겨진
내 마음의 평안과
위로도 함께

언 땅 위에 겨울비로
다 녹이고 있기 때문입니다

우화羽化

하늘이 열리는 날
짊어진 멍에도 내려놓았다

천지 분간 없이
뒹굴고 엉켰던 실타래
배배 꼬였던 내 생애에

첫 하늘을 바라보며
아름다운 비행을 시도해 본다

아
자유여
희망이여
새 날을 노래하자

가을 편지

정녕 말하지 않아도
가을은 오고 있나 봅니다
하루 사이
바람은 상큼해지고
들녘 저편부터 벼 이삭은
휩쓸리듯 겨자색으로
물들어 오고 있습니다

무심한 허수아비는
빛마저 바래고
멀리서 들려오는 공포탄 한 발에
놀란 참새떼는
저편으로 날아갑니다

'가을이다'라고 말하지 않아도
스며듭니다

여름비

갈대 흔들리는 날
강바람이 보고 싶다

강물의 물비듬 사이로
한적한 물고기
비상을 꿈꾸듯 튀어 오른다

저만치 먼 산에
먹구름 피어오르다
비가 되어 달려온다

5부

야명조

[이춘선, 2023, 수묵담채화, 134cm×70cm, 작가 소장]

서릿발 고요한 새벽 무렵
국화 한 송이 피었다
눈 속에서도 꺼지지 않는 작은 불꽃,
말없이 타는 나의 가슴이다

방황

선을 따라 움직이고
선을 긋는다는 건
얼마나 황홀할까

직선의 나열은
열등감 없이
쭉쭉 올라가고

꼭대기의 꼭대기에
날 닮은 눈물방울
얹혀 있구나

커피타임

장마 뒤에
해가 쨍한 주말이다
빨래며 주변 정리며
숙제처럼 밀린
집안일을 대충 끝내고

와!
커피 타임이다

커피포트에 물을 올리고
가을 햇살에 익어가는
해바라기밭이
그려진 머그잔에
노란 커피를 뜯어 넣는다

우로 세 번
좌로 세 번
주문처럼 익숙해진 손놀림에
그윽한 커피 향이

마당 한 켠에 피어난
봉선화처럼
훅하고 피어난다

흐음…
이 맛이야
끊을 수 없는 마력의 맛

오늘도
커피 한 잔이 주는 마력
몸속에 솟구치는
카페인의 용트림

우렁각시

무슨 생각을 하는지
떠밀어도 빨판에 갇힌 채
그저 발가락만
꼼지락꼼지락

밀려오는 물살에 살이 쓸려도
세상에 눈멀어
옴짝달싹하지 못한다

커다란 집의 무게를
훌훌 던져버리고
떠나가는 생각뿐

어느 먼 훗날
우렁이 시집가는 날
나는 집 없는 민달팽이로
다시 태어나리다

나는
눈이 작은
우렁각시

야명조

게으른 자의 한탄을 닮은 새
베짱이의 여유로움을 닮은 새

일 욕심이 많은 새
욕구가 많아 채워지지 못함을
갈망하는 새

나의 나약함을 아는 새
나를 닮은 새

그 새는 밤새 울었다

연민

폭포수 내리쳐도
도도히 서 있는 꽃

꽃이슬 슬픔처럼
눈물로 애달픈 맘

옛 연인
오작교 걸음
꿈속에도 그립네

미아

묵정밭 밭머리에
넘실넘실 바람 따라
꼬리치는 강아지풀

동네 어귀
낯모르는 검댕이
낯설 길 위에서
혼신으로 기다리는
어두운 눈망울

생명의 위험에도
지난날의 애증만이 기억되듯
안절부절 서성이며
누군가를 기다린다

언젠가 산등성 묵정밭에
강아지풀 꼬리로
피어나겠지

궁남지에서

고요한 연못
연꽃이 피었다
햇살 한 줌 받으며
묵묵히 피어있는 그 얼굴

물오리 한 쌍
잎 사이를 미끄러지듯 지나가고
바람은
잠든 물 위를 살며시 덮는다

나는 오늘
이 연못을 지나가는 나그네
머물지도
뿌리 내리지도 못한 채
잠시
연꽃 앞에 마음을 놓고 간다

빈집

나트막한 산허리에
걸터앉아
영역 표시해 놓았다

작은 담장은
헛간과 안채를 연결하고
감나무 단풍나무
이름 묻힌 과일나무

새 잎 나는 그 봄에도
삵은 덩치 덩그렇게
그 옆은 가식 없이 뻗은
가지로 채워진 집

한때는 동네에서
알아줬다는데
영감님 떠나시고
허리 굽은 할멈은
지팡이 의지한 채

뉘엇한 해 질 녁
감나무 밑 둥치에
작은 그림 그리더라

정원지기

아침마다 창을 열고
꽃을 바라본다
이슬 맺힌 잎 사이로
바람이 지나가고
조용한 그 숨결이 참 좋다

나는
정원지기를 하고 싶다
막 새봄이 되면
눈꽃처럼 피어나는 꽃
연분홍이 되고
살구색이 되는 꽃들

가위로 나무를 다듬는다
나뭇가지는 끝에서 흔들리고
작은 꽃봉오리 사이로
햇빛이 스쳐 지나간다

때론
모양은 엉성하지만
이 정원도 나도
나름 대견해져 있다

공짜

TV 아침마당에서 나태주 님이
새해는 삼백예순다섯 개의
태양을 공짜로 주고
달과 꽃들은
덤이랍니다

그러고 보니
주변의 가득 찬 공기를 마시며
눈에 덮인 새로운 세상처럼
무채색의 환희를 만끽하며
이 모든 것들을
공짜로 누리고도
그 고마움을 생각지 못했다는 게

우리가 공짜를
참으로 좋아하는 내면은
이마가 벗겨진 것이 이유가 아니라
일상이 공짜로 길들여진 탓이었나 봅니다

오늘은 공짜의 아침 해가
예쁜 햇살까지
덤으로 던져주는 새해 아침입니다

연꽃이 지면

연꽃 피는 저녁
궁남지 물가에 달빛이 내린다
한 잎 또 한 잎
조용히 피고 진다

서동의 노래는 이제
들리지 않지만
그가 사랑한 이름
선화는
바람 속에 남아 있다

백제의 한
기록되지 못한 마음들이
연꽃 심장 속에서
잎맥처럼 퍼진다

사랑은 끝났어도
연못은 기억한다
그날

연꽃 사이
손을 잡았던
그들의 그림자를

연꽃 피는 날

연꽃 핀 궁남지 물가에
그대 발자국이 남아 있었네

서동의 노래를 따라온 바람은
아직도 공주의 향기를 품었고

햇살 아래 흔들리는 꽃잎마다
밀월의 비밀이 숨겨져 있다

백제의 이름
사랑은 그렇게 피고
조용히 스러졌다

잊힌 이름
그러나 연꽃은 해마다 다시 핀다
마치 그대를 기억하듯

세도면가

\- 2016년 면지 발간

우뚝 솟은 대흥산 큰 기상 모여
땀으로 일구어낸 기름진 옥토
자자손손 행복하라 축복의 들녘
두레풍장 흥겨운 아름다운 세도

백마강 줄기 타고 이어진 금강
새롭고 건강하게 일궈온 터전
보석처럼 빛나거라 우리의 염원
산유화가 울리는 정다운 세도

청솔의 푸르름을 상기하며
- 세도 초등학교 개교 100주년 행사를 다녀와서

한 세기를 돌아 다시 여기
변함없이 우린 서 있었다
단상 위 어린 후배들이 춤을 추고
그 손짓 너머
시절의 무상함이 스쳐간다

추적추적 내리던 행사 날의 그 비는
지난 시절의 너와 나를 이어가는
오작교가 되어
친구들의 변한 모습이
내가 되어 되살아난다

어깨동무가 되어 뛰어놀던 운동장
소녀들의 고무줄놀이 공기놀이
구석구석 그림이 되어
판화처럼 각인된 교정이다

변한 시절 앞에
우린 잠시 옛 그림자가 되고

후배들이 우리들의 뒷모습을 딛고
무럭무럭 자란다

다시 한 세기를 돌아왔을 때
더 번창하고 많은 아이로
운동장이 가득 찼으면 하는
기대를 가져본다

내 사랑
세도초등학교
영원불변으로 대대손손
영광으로 기억하리라

꽃이 피는 이유

이춘선 시집
Poems by Lee Chun Seon

꽃이 피는 이유

|

이춘선 시집
Poems by Lee Chun Seon

자연과 삶, 그 아름다운 결합

황환택(시인)

자연과 삶, 그 아름다운 결합

황환택(시인)

이춘선李春先 시인은 늘 봄이다. 봄도 그냥 봄이 아니고 먼저 온 봄이다. 이름이 봄 춘春 자에 먼저 선先 자가 있어서 봄이라 말함이 아니다. 시인은 늘 먼저 온 봄처럼 밝고 긍정적이고 희망에 가득 찬 모습을 보여준다. 어찌 모습뿐이랴. 시에 대한 시인의 마음은 늘 긴 겨울을 보내고 새봄을 맞는 마음이다.

이춘선 시인은 농사와 살림이라는 고단한 일상을 살아내며, 그 속에서 피어나는 감정의 결을 시로 길어 올리는 시인이다. 『꽃이 피는 이유』는 그녀의 두 번째 시집이자, 한 사람의 삶이 어떻게 자연을 닮고, 사랑을 품고, 시로 흘러가는지를 보여주는 아름다운 기록이다.

살아보면 인연이라는 것이 참 묘하다. 오랜 만남이 뚝 끊기기도 하고, 우연한 만남이 오래 이어지기도 한다. 먼저 온 봄, 이춘선 시인을 (사)한국문인협회 부여지부에서 주관하는 '시 창작 아카데미'에서 만남이 제대로 된 인연의 시작이었다. 강의하는 곳은 부여읍 내에 있다. 시인이 생활하는 곳은 세도면이니 강의를 들으러 나옴이 쉽지 않다. 그래도 빠짐없이 강의를 듣기 위해 먼길 마다하지 않고 나와서 열심히 강의를 들었다. 그렇게 시인과의 인연은 시작되었다.

지난해 유월, 강의가 있는 날이었다. 그날이 마침 6월 6일 현충일이어서 현충일 행사용 시 한 편을 강의 중에 읽어드렸다. 시인은 시 낭독을 듣는 중간부터 눈물을 흘리기 시작하더니 낭독이 다 끝난 한참 후에도 눈물을 그치지 않았다. 그날 시인의 눈물을 보면서 시인은 마땅히 저래야 한다고 생각했다. 시는 결국 감정이 일정 수준을 넘거나 처져야 써진다. 시인의 감정선은 마치 당겨놓은 현악기絃樂器의 현과 같다. 잘 당겨진 현은 슬며시 이는 바람에도 울음을 울려준다. 시인의 감정은 늘 현絃처럼 당겨 있다. 그러니 그녀가 시인이다.

그러던 어느 날, 시인은 전화 통화로 시집 발간을 상의하고 싶어 한다. 시 창작 아카데미의 인연이 이어져 시인의 시를 다른 누구보다도 먼저 읽을 수 있는 기쁨을 누릴 수 있었다.

이춘선 시인의 시들은 너무나도 인간적이다. 늘 어지럽고 혼란한 이 풍진風塵세상에서 대자연과 인간과 자신에 대하여 따뜻하고 지고지순한 사랑의 시선을 보내고 있다. 그야말로 더없이 아름답고 눈물겨운 시인의 시선이다. 그의 시는 순결 무구하면서도 쓸데없이 난해하지 않고 누구나 쉽게 이해하기 쉽고 진솔하게 쓰였다.

그런데 시인의 시는 거기에 그치지 않는다. 도道와 깨달음의 세상이 멀리 있지 않고 늘 우리 가까이에 있음을 온몸으로 알리기라도 하는 듯 시인의 시 안에는 세상을 관조하는 놀라운 깨달음의 세상이 있다. 한 마디로 순결 무구한 시, 늘 따스한 가슴으로 세상을 보는 깊은 시야와 잠언 같은 시들이 있다.

어느 시인은 아름다운 시어로 시 정신을 들어낸다. 어떤 시인은 그만의 비유와 상징으로 감동을 준다. 이춘선 시인의 시는 특별한 시어의 인용이나 비유나 상징이 아니라 일상생활에서 흔히 볼 수 있는 상황을 평범한 일상적인 시각과 언어로 표현하여 시의 흐름이 독자의 내면세계로 유유히 흘러 들어가게 한다. 가장 평범함이 가장 위대한 것이라는 진리를 깨달은 시인의 풍류와 낭만이 그의 시에 녹아 있다.

이춘선 시인은 인간의 삶, 가장 평범하고 일상적인 삶의 모습을 다각적인 시각으로 조명하고 형상화하고 있다. 그것이 실재하는 것이든 관념적인 사상이든 시인이 가지는 삶에 대한 깨달음과 애증이 독자들의 가슴에 삶의 진솔함으로 재창조되고 있다.

이 시집은 단순히 자연을 노래하는 것이 아니다. '능소화' 한 송이에 담긴 소꿉놀이의 기억, '상사화'에 물든 눈물, '배추 시집가는 날'에 녹아든 세월의 맛과 엄마의 손길, '라면 먹는 날'에 묻어나는 가족의 온기, 그리고 '감나무 아래'에 깃든 그리움과 삶의 농도. 그녀의 시에는 꽃과 계절, 가족과 사랑, 기억과 그리움이 조용히, 그러나 강렬하게 녹아 있다.

시집 『꽃이 피는 이유』는 문학이 대단한 말이 아닌, 한 줄기 햇살처럼 우리 삶에 스며드는 것임을 보여준다. 그녀의 시는 들꽃 같다. 화려하지 않아도 쉽게 잊히지 않고, 소박하지만 곱고 단단한 언어로 피어난다. 그래서 우리는 이 시집을 통해 다시 삶을 들여다보고, 나의 어머니, 나의 기억, 나의 계절을 떠올리게 된다.

첫 시집 『농부의 아낙』이 흙냄새 나는 삶의 고백이었다면, 두 번째 시집 『꽃이 피는 이유』는 그 고백 위에 피어난 생의 찬란한 언어들이다. 꽃은 결국 사랑이자, 기억이자, 기다림이다. 그리고 그것은 곧 시인 이춘선이기도 하다. 이 아름다운 삶의 기록 앞에, 우리는 잠시 멈춰 선다. 그리고 조용히 되뇐다.

"그래, 꽃이 피는 이유는 바로 이것이었구나."

농촌은 계절을 가장 먼저 받아들이고 가장 천천히 흘려보내는 곳이다. 그곳에 사는 사람은 자연의 시간에 길들여지고, 그

시간은 어느새 사람의 마음마저 물든다.

시인 이춘선은 바로 그 농촌에서, 흙을 일구고 밥을 짓고 가족을 돌보며 자신의 시를 가꿔온 사람이다. 첫 시집 『농부의 아낙』에서 농촌 여성의 고단하고도 풍요로운 삶을 따뜻하게 그려냈던 그녀는, 이번 두 번째 시집 『꽃이 피는 이유』에서 삶의 깊이를 '꽃'이라는 시적 상징을 통해 더욱 섬세하게 풀어낸다.

시인은 사계절을 오가는 농촌의 풍경, 집안일과 농사일이 교차하는 하루하루의 현장을 '시'라는 씨앗으로 받아들여, 조심스레 글로 키워낸다. 그 속엔 생의 순간마다 다가오는 감정들, 애틋한 그리움, 다정한 사랑, 때로는 짧은 고백과 깊은 성찰이 조용히 배어 있다.

시인이 시를 대하는 자세는 '시 쓰기'라는 시에서 잘 나타난다.

동백 낙화를 보고는 / 선생님이 말씀하신다 // '그래 / 너는 사랑이었구나 / 그렇구나! / 시는 이렇게 / 가볍고 우아하구나 // 노래할 때는 / 공기 반 소리 반이라는데 / 시 쓰기는 저리 / 말하듯 가볍게 / 춤을 추는 것이구나 // 누구는 시란 말하는 / 그림이라 하고 / 누구는 그림이란 / 말 없는 시라 하는데 // 나에게 시는 / 가슴의 불꽃을 태워 / 날개를 달고 훨훨 나는 /춤추기다 // 가볍게 / 우아하게

- 「시 쓰기」 일부

이 얼마나 시 쓰기에 대한 명쾌한 선언인가. 세상 누구보다도 시를 쓰기에 대한 통쾌한 나만의 정의를 내리고 있다. '가슴의 불꽃을 태워 / 날개를 달고 훨훨 나는 / 춤추기다'라는 이 기막힌 자신감과 시를 사랑하는 충만함은 참으로 멋지고 멋지다. 그리고 그 춤추기가 '가볍고, 우아하게'라니 말이다.

그의 말 그대로 이 시집은 무겁지도, 가볍지도 않게, 삶의 중심에서 중심으로 흐르는 감정들을 정갈하게 담아낸다. 꾸미지 않고, 눌러 쓰지 않고, 자연의 시간과 감정의 진심으로 풀어낸 시들이다. 이춘선 시인의 시는 그래서 '읽히는 시'이며 동시에 '느껴지는 시'이다.

『꽃이 피는 이유』라는 시집의 제목은 단순한 아름다움을 넘어, 시인이 살아온 이유, 시를 쓰는 이유, 사람을 그리워하는 이유로 읽힌다.

표제작 「꽃이 피는 이유」는 그 상징의 밀도를 가장 깊이 보여주는 작품이다.

"내 눈에 꽃이 보여요 / 겨우내 얼어붙은 땅을 딛고 / 떨리는
숨결로 솟아오른 복수초"

— 「꽃이 피는 이유」 일부

"그 꽃 속에는 언제나 네가 있어요"

— 「꽃이 피는 이유」 일부

이 시는 '꽃'을 매개로 하여 생의 기쁨과 아픔, 그리고 오래도록 잊히지 않는 사람의 부재를 말한다. 화자는 모든 꽃에 '너'를 투영시키며 그리움의 시간을 견딘다. 복수초, 백일홍, 코스모스, 상고대까지, 꽃마다 얽힌 기억과 감정이 생생하게 살아 있다. 자연의 한순간을 포착한 듯 섬세한 이미지와 그 속에 담긴 진한 정서가 이 시의 아름다움이자 깊이다.

「능소화」에서는 말보다 깊은 기억의 몸짓이 등장한다.

"멋쩍은 손끝에 얹어 주며 / 말 대신 떨구던 / 그 고갯짓
의 의미"

이 시는 시인이 기억하는 어느 여름날, 말 없는 감정의 교환을 떠올리며 능소화꽃을 매개로 담담히 써 내려간다. 단순한 회상이 아니라, '능소화'라는 꽃의 피고 짐을 통해 기억과 재회의 시간을 은유하고 있다. 매년 담벼락을 타고 오르는 붉은 꽃은 단지 풍경이 아니라, 누군가를 그리는 마음의 형상이다.

시인의 꽃에 대한 시 중에서 상사화는 또 다른 감동을 준다.

"그리움은 꽃잎처럼 / 조용히 번져가고 / 꽃잎 틈새로 스미
는 아픔, / 그마저 아름다운 시간 // 번진 눈물 아래 / 붉은 꽃
잎 하나 / 다시 상사화로 타오른다 / 붉게 타오르던 마음도 이
제는 노을 속에 빛을 거두고 / 너는 다시 피건만 / 내 눈물은
멈추지 않는다"

- 「상사화」 일부

시인의 그리움은 격렬하게 다가오는 감정보다는, 조용하고 서서히 마음속에 퍼지는 감정으로 묘사된다. '그리움은 꽃잎처럼 / 조용히 번져가고/ 꽃잎 틈새로 스미는 아픔, / 그마저 아름다운 시간'이라는 시를 보자. 이 얼마나 아름답고 가슴 절절한 표현인가.

그리움 속에 숨겨진 아픔도 결국 아름답다고 말하는 시인의 감성이 참으로 아름답다. 이별의 아픔마저도 사랑의 일부였기에, 아름다운 시간으로 회상하는 겁니다. 눈물 속에 젖은 붉은 꽃잎이 '상사화'로 다시 피어나고 눈물 속에서도 사랑의 불씨는 꺼지지 않고, 다시 그리움의 불꽃(상사화)으로 타오르는 것이다

한편, 「솔 도라지」에서는 시인의 아버지에 대한 그리움이 어린 시절의 기억과 겹쳐진다.

"거나한 술기운에 / 골목부터 들려오는 아버지의 노랫소리 / 삶의 고단함이 뼈에 사무쳤던 어머니는 / 또 술이라고 짜증을 냈다 // 아버지는 한량처럼 술을 즐기고 / 사람을 좋아했지"

- 「솔 도라지」 일부

"내 아버지 / 오늘 아침, 나의 작은 꽃밭에서 / 그리움으로 핀다"

- 「솔 도라지」 일부

마치 영화의 한 장면 같다. 술 좋아하던 아버지, 골목에서 들리던 노랫소리, 어머니의 고단한 한숨, 그리고 담뱃갑 속에 그

려진 도라지꽃. 이 모든 이미지가 도라지 한 송이에 응축되어, 현재의 시인에게 아버지의 형상을 다시 떠올리게 한다. 짧지만 강렬한 상징과 감정의 밀도, 그리고 꽃에 깃든 시간의 무게는 이 시집 전체를 관통하는 정서를 잘 드러낸다.

시집에는 이처럼 기억을 품은 꽃들이 많다.

「사루비아」에서는 아버지의 부고와 함께 떠오르는 붉은 꽃의 기억, 「분꽃」에서는 언니의 손수건에 새겨진 수줍은 약속, 「야생화」에선 아이의 손안에서 웃는 제비꽃처럼, 꽃은 언제나 사람과 삶의 순간들을 이어주는 다리이다.

『꽃이 피는 이유』는 단지 꽃에 대한 시가 아니라, 살아가며 피어나는 이유, 기억을 품고 그리워하는 이유, 그리고 오늘도 시를 쓰는 이유에 대한 시집이다.

세상 사는 사람들 모두의 가슴에는 누구나 꽃이 핀다. 그리고 그 꽃은 피는 이유가 있다. 시인이 피운 계절을 견디며 피는 한 송이 꽃처럼 이 시집이 꽃씨가 되어 독자들의 가슴에도 꽃이 피기를 바란다.

당신의 삶에서 작지만 아름다운 꽃 한 송이가 피기를 기원한다.

2025년 배롱나무, 능소화, 연꽃이 흐드러지게 피는 날

꽃이 피는 이유

이춘선 시집